Les inventions de Malia

Pip Jones

Illustrations de
Sara Ogilvie

Texte français d'Isabelle Allard

SCHOLASTIC

Malia **ADORE** inventer des choses,
c'est son dada.

Elle emporte son sac à outils partout où elle va,
à l'affût du moindre objet à rafistoler
ou encore d'un gadget à améliorer.

Ses appareils à cadran et à manette
ne marchent **pas toujours** comme sur des roulettes.

L'**Immensi-thé,** par exemple,
fonctionne sans anicroche...

jusqu'à ce qu'un boulon et un piston se décrochent!

Le Tourni-Spagonique,
pour manger des spaghettis,
transforme quant à lui le papier
peint en confettis!

Le Barbicheur effectue
sur papi un travail formidable...

avant que la mousse ne devienne
INCONTRÔLABLE!

Malia, une fille pourtant astucieuse comme tout,
se fâche quand les choses ne sont pas à son goût.
Elle crie et frappe son invention à coups de pied :
— **J'abandonne! J'en ai assez!**

— Allons, ma très chère, ce n'est pas un petit pépin qui t'empêchera DE CONSTRUIRE CET ENGIN!
dit le grand-père en voyant sa petite-fille en colère.

Il a peut-être raison, mais Malia pousse un gros soupir.
Elle prend son sac à outils et décide de sortir.

Alors qu'elle marche d'un pas résolu
sur le sentier, elle entend un oiseau pousser
un croassement affolé.

Un pauvre corbeau surgit
soudain de la brume

et atterrit par terre,

POUF!

dans un tourbillon de plumes.

Malia l'emmène aussitôt chez le vétérinaire.
— Ses ailes sont trop abîmées, dit-il. Je ne peux rien faire.

Ramène-le chez toi et essaie de lui montrer
comment devenir un oiseau… qui ne peut pas voler.

Jour après jour, Malia essaie toutes sortes d'idées folles
pour que son corbeau puisse s'amuser sur le sol.

Chercher des vers...

faire des courses
de limaces...

jouer à la marelle ou aux anneaux…

Quoi qu'elle fasse,

le corbeau malheureux contemple le ciel bleu
où les autres oiseaux volent libres et heureux.

Un soir, Malia regarde son protégé, le cœur gros.
— Je voudrais TELLEMENT l'aider, ce pauvre oiseau.

Il ne joue pas,
ne boit pas
et ne mange pas non plus!

Malia est sur le point
de s'avouer vaincue.

— N'abandonne pas. Tu PEUX le faire, je le sais.
Tu vas trouver une bonne idée, si tu t'y mets!

Papi lui tend son sac à outils, son ami fidèle…

— Je sais! s'écrie-t-elle.
Je vais lui fabriquer des AILES!

Elle sort ses livres et
les feuillette dans son lit.

Puis elle dresse la liste des matériaux requis.

Elle trouve des piles et des appareils électroniques,
démonte un mélangeur et le Tourni-Spagonique.

Le corbeau l'aide et tient la perceuse pour elle,
pendant qu'elle aplatit, visse, frappe et martèle…

— TADAM!

dit Malia en resserrant la courroie.

Mais les ailes sont trop lourdes et ne fonctionnent pas.

— **ZUT!** s'écrie-t-elle.
C'est décourageant!

Le corbeau la fixe
de ses yeux suppliants.

— Essaie encore, conseille
papi face à son désespoir.
— D'accord, fait-elle
avant de courir vers la mare.

Elle plonge dans l'eau et trouve une pompe tout au fond.

Puis elle déniche une boîte de vitesses et deux pignons.

Elle fabrique des ailes,
courbées et légères,

mais à cause de leur forme, l'oiseau vole à l'envers!

— J'abandonne!

crie Malia en faisant la moue.

Le corbeau croasse,
accroché sens dessus dessous.

Malia repart et dévisse la pomme de douche.

Elle trouve des circuits
pour mettre la dernière touche.

Avec sa vieille pince, elle ne fait ni une ni deux
et va emprunter des moteurs de sèche-cheveux.

— Parfait! dit-elle. C'est la bonne forme et le bon poids.

Sauf qu'UNE aile bat trop vite

et l'oiseau ne vole pas droit.

— **J'EN AI ASSEZ!** crie-t-elle en marchant vers la poubelle.
Mais le corbeau l'empêche de jeter son matériel.

Malia bricole, ajoute des vis et des clous.
Avec son bec, le corbeau vérifie les écrous.

Puis il desserre la roue dentée du mélangeur…

— TU VOLES!

s'écrie Malia.

Je vais t'appeler **Réparateur!**

Après deux

grandes

boucles

dans les airs,

Réparateur redescend doucement sur terre.

— Tu as fait beaucoup d'efforts, Malia, dit papi.
Grâce à ta persévérance, tu as réussi!

Mais ce n'est pas fini. Ne range pas tes outils trop vite…

Il te reste quelques objets à **RÉPARER**, ma petite!

À Isabelle Grace et Isabella Bee xx — **P. J.**
À Sita, Dani et Holger — **S. O.**

Catalogage avant publication de
Bibliothèque et Archives Canada

Jones, Pip (Écrivaine pour la jeunesse)
[Izzy Gizmo. Français]
Les inventions de Malia / Pip Jones ;
illustrations de Sara Ogilvie ;
texte français d'Isabelle Allard.

Traduction de: Izzy Gizmo.
ISBN 978-1-4431-6865-6 (couverture souple)

I. Ogilvie, Sara, 1971-, illustratrice II. Titre.
III. Titre: Izzy Gizmo. Français.

PZ24.3.J661n 2018   j823'.92   C2017-907890-9

Version anglaise publiée initialement
au Royaume-Uni en 2017 pour Simon
and Schuster UK Ltd.

Édition publiée par les Éditions Scholastic,
604, rue King Ouest, Toronto (Ontario) M5V 1E1

5 4 3 2 1   Imprimé en Chine CP155   18 19 20 21 22